아무도 찾아오지 않는 거울이다

아무도 찾아오지 않는 거울이다

고 형 렬   시 집

창비

차 례

풀과 아파트

하늘은 온통 아파트 불빛이다
삼각형 코를 가진 이방인 가족 아파트는 없다
여자와 아이들 빨래가 흔들리는
바람 그네
햇살 발자국도 옮긴 적이 없는 발코니
바람도 서로 열지 못하는 문만 굳게 잠겨 있다

풀의 하늘엔 이슬이 내려와 별처럼 산다
그야말로
아파트를 바라보며 긴 시간은 산산조각 깨어진다
그 집의 여자는
우울한 얼음구름이 불어오는 싸우스코리아
북위 37도쯤 수도권 어딘가 살고 있을 것

베짱이와 사마귀가 세 들어 사는 아파트는
파란 하늘 속을 산과 함께 자전하며 돌아온다
간혹 손을 뻗어 구름을 뜯어 먹으며
아파트 옥상엔 풀들이 바람과 살고 있다

화곡동의 빨간 벽돌 속에는

화곡본동 뒷산에서 아내는 아직도 알을 부화 중이다
내가 퇴근할 때까지 아내는 울상을 짓고 있다
대륙성고기압으로 추방된 어느 도시의 변두리,
코가 무너진 몽골리스무스 부부는
풍향계를 돌리며 그 동네 산 밑에서 지금도 살고 있다
육십분의 눈금과 절기를 계산해서 맞는 날이 없지만
골목길에는 그 아내의 여자의 추억이 있다
미장원과 입학식, 생선가게, 얼음 손과 교재(教材)
커다란 원형 톱날이 한번 지나가면
상쾌한 심산, 산목(散木)과 비목의 향기는 흩어졌다
알은 태열을 앓고 화곡동은 끙끙거린다
기침과 예방접종, 뒤꿈치 각질이 앨범 속에 파묻혔다
손바닥은 진화하고 눈은 퇴화한다
알 속엔 털 없는 빨간 살점의 빈손만 한 날개들,
우리 아이들은 빨간 벽돌과 벚나무 속에 갇혀 있다

입맞춤의 난해성

입술은 아주 작은 부위를 덮었다
가장 취약한 부분에 붙어 있는 살이다
물고기 입술처럼
부드러운 것에 감싸여 무척 예민하다
물체가 못 된 분자들의 알레고리가
턱뼈와 광대뼈를 치켜세운 곳
어느 미장공의 미숙한 약술(略述)이었다
잇몸에 임플란트를 박고 인공치아를 세운
떡 벌어져 있는 곳
웃으면서 심장을 엿보는 그곳에서
아직 나의 친구들은 살아가고 있었다
이빨 뒤에 숨었지만
입맞춤은 그러나 입술로만 가능하다

어떤 새에 대한 공포

나뭇가지에 앉아 심장을 꿰맨다
새벽 한시의 대낮, 머리에 도끼가 솟은 검은 새

반고리관의 공명은 미명 속으로 사라졌을 뿐
일할의 빛이 구십구할의 어둠을 지운다
기구한 형상의 유전자를 남기고 결국 노숙(露宿)이 된
꿈들
다시 소통되지 않는 빛과 말
치실은 그들의 이빨에서 끊어지지 않는다
새는 너덜대던 도시와 자기 생을 기억하지 않고
발톱과 날개는 서로 상상하지 못한다
한점을 친다, 밤을 색칠한 필름 속 나뭇가지

혼돈을 향한 아침 길을 다시 잃고, 하늘옥상에
새의 집을 지은 유역의 오랜 기숙자들
손거울 들고 심장을 깰 영혼을 다듬는다

손에서 번쩍거려

우리 집엔 현실이 광속으로 건너다닌다
그릇에서 책으로 책에서 벽에 걸린 사진 속으로
미래는 빨리 돌아와, 순간순간이 벌써벌써죠
정지한 것 같지, 한순간 모든 게 끝나는 게
만물의 위장, 나도 그 사이에서 발가벗고 어슬렁거린다
한쪽 어깨를 내놓은 보리수 아래의 늙은 구도자처럼
밥그릇과 책과 사진을 들고
이렇게 뭔가를 걸식하고 빌려 쓰다 사라지죠, 광속으로
아들이 사진 찍을 수 없는 광속으로
그런데 뭘 기다리지 않는다는 건 대단한 것 같다
저녁이며 물바닥이며 거울이며 마음이며 땅이며
아침이며, 그외의 광속 따위도 많았지

내통(內通)

너와 내가 피를 섞어, 몸을 섞어, 뼈를 섞어, 살을 섞어?
더러운 내통, 더러운 야합, 더러운 나눠먹기
이간질하는 놈, 협잡꾼,
너의 밥을 내가 먹어, 나의 밥을 너에게 먹여, 너의 꿈과
하나가 돼?
구토할 것, 기억까지, 신장까지, 꿈까지, 가버린 시간까지
그렇게 우리는 피로 결탁하고,
인간의 골육을 직조했는가
한번 먹은 것을 절대 토하지 않는 기인처럼 다신 너를 만
나지 않으리,
살아선

해니(骸泥)여 어디 있는가

나는 너의 밑바닥에 가본 적이 없다
무엇을 다 흘려보내고 너는
저 끝없는 문명의 통로 입구에 사는 미생물처럼
나의 가슴을 아프게 하는가
살아서 돌아오는가, 너는 정말

물의 한쪽 부피가 닳아버린 흔적 속에는
가족들이 살아가고 있다, 피붙이
너의 냄새가 나는 저녁
나는 맨홀 뚜껑을 열고 들어가는 사람을 본다
그의 등 뒤에서
해가 지는 등 뒤에서 나를 본다
모든 것을 상실한 채

너의 등에 업혀 뛰어간 날이 있었다

사랑초 파란 줄기 속에

겨울 사랑초 줄기 하나에 잎이 하나
사랑초는 한낮 잎에 나와 뛰어놀았다
운동장은 지문만 했다
태양은 그 지문에만 내려주었다
사랑초는 창밖 찬 바람 소리를 듣고
으스스 몸을 떨었다

사랑초의 사랑은 저 실줄기로만 간다
일억 오천만 킬로미터 아래에서
끊어지지 않고 건너간다
말은 인간들만의 것이 아니다
겨울 사랑초 줄기 하나가 잎을 물었다

도망가는 말들에게 부탁

도망가는 말을 붙잡을 수 없다
돌아온다는 말을 들어본 적이 없다
약속을 파기하고 의리를 잃고도 살아왔다
모두 돌아간, 몇번째 늦가을일까

사용했던 모든 말을 자신에게 반납한다 계속
침묵한 채 꿀꺽꿀꺽 물을 삼킨다
나의 차례는 몇번째,
죽어서 지울 수 없는 기억은 간직하지 않는다
한번만 아프고 죽어 잠들어라
너희는 그렇게라도 이 시간을 넘어야 한다

주춤주춤, 책임자들은 떠나고 없다
칠흑의 물속에서 시간과 맞바꾼 눈과 날개들
찾아가지도 돌아오지도 못하는 길
못다 한 말들이 능히 삶조차 넘어서리라
멈춘 생조차 죽음을 바꾸지 못하는
이제야 말들이 나에게 오려 하지 않는다

너무 오래되고 음울한 것들은
말조차 말들의 말을 받아주지 않는다
도망간 말들을 뒤쫓아 나도 사라져간다

위조지폐

나에게 위조지폐가 있다
위조지폐가 위조지폐를 내려다보는 나를
쳐다본다 의심한다 불쾌하다
수많은 은행과 시장과 아침을 건너온

펼쳐보아도 펼쳐보아도 누가 만든 것인가
시간의 위증으로 간직한다
우울할 때, 지하도 계단에서 몰래 꺼내본다
아무도 모르게 태양에 비춰보는 얇은 종이유리판
저쪽이 보이다가 사라진다

위조지폐는 자신을 인식하지 않는다
어떤 희망적 예후이며 기이한 상징이며 의미라고
자신을 오해하지 않는다
위조지폐는 위조지폐 자체이기 때문이다
모든 평가와 가치가 무너진 뒤,
이 지폐의 메타포는 불처럼 사라질 것

내 안에 정체불명의 생물체가 움직인다
위조지폐 속에 위조지폐가 있다

빛의 아들에게

빛의 등을 보고 싶어요
그의 등은 어둠을 업고 있을 거예요
빛도 모르는 창상을 업고 달려가고 있어요
알 수 없는 별 어느 도시의 나에게
그는 나의 눈을 뜨게 하지만
나는 눈을 뜨려고 하지 않아요
빛이 모르는 꿈이 나를 껴안았기 때문이죠
이제 어둠을 빼앗아가지 말아요
다시 나의 눈에 빛을 쏘지 말아요
다시 나를 빛의 사회로 불러내지 말아요
수백 겹겹의 그 좌안의 어둠속 망막을
결코 열지 않고 닫고 있게 할 거예요
꿰맬 수 없는 상처투성이의
그대 등을 보고 싶어요

나에게도 조금 보여주지 않겠어요

어둠에게 잎사귀가, 나에게도 조금 보여주세요
빛이 지나가면서 박리된다, 보지 못하는 점을 위해
그 빛이 사라질 땐 먼 광원이 꺼진 때
끊어진 채 지나가는 빛들은 무너지기 시작했고, 잎들은
최초로 절규하기 시작한다, 언어가 죽고
내 몸이 나뭇잎이기만 하던 시절은 사라진다
영육이 함께하던 날을 기억하는 상상은 여기 없다
너무 밝은 하늘의 빛은 눈이 멀겠죠?
그 우주의 다이어프램을 열어주세요, 조금만 살짝

찾아오지 않는 거울이다

거울은 사적이다, 공적인 것을 비추지 않는다

물의 분자들은 부딪치면 서로에게 미끄러진다
물을 먹은 물을 먹고 토하는 물이
자신을 뒤집고 새로운 시간처럼 나타난다

나의 그가 귀울음한다, 나를 비추는 거울이 어디선가
이렇게 말한 것 같다
정말 자신들을 찾아오지 않는군!
나를 발견하는 데는 죽음 너머 시간까지 필요하겠지?

그 이름은 '아무도 찾아오지 않는 거울이다'이다
아직도 하나의 언어가 되지 못했다
이제 불요불급의 한 문장을 얻었을 뿐이다
아무도 찾아오지 않는 거울이다여

물속에 공기가 없는 것은 유동성의 비밀이다
진흙과 파랑 사이에서

수중경은 말이 오는 쪽으로 혼자 뻗어간다

참을 수 없을 땐 전철역으로 간다

이미 압류된 분노는 찾을 수 없을 것이다
아무도 씻지 못한 치욕은 새겨지지 않을 것이다

도시가 피를 흘린 뒤,
하나가 된 자동차와 사람들과 간판과 욕망들이
죄다 침묵의 일상으로 복귀한다 해도
고층 빌딩들은 흔들린다

참을 수 없는 인간들만 전철역을 찾아간다
지하 계단 위 승강장엔 울음 가진 것이 없다
스크린도어에 붙은 시의 불빛들만
먼지 입자처럼 서 있다

위험한 심장은 지하역을 출발한다
종점으로 갔다 다시 종점으로 돌아온 환승역에서
3호선을 타고 가는 어느 출구부턴가, 비가
온다

지상 전철에서 사라지지 않는 풍경은 없다
몇줄기 산과 낡은 건물들이 쫄딱 젖는다

언제부턴가 Y는

언제부턴가 Y는 나를 보면 도망을 쳤다
나는 그 피신을 의식적인 도망이라고 규정했다

그후 나는 Y를 본 적이 없다
그런 어느날 우연히 그의 시를 읽게 되었다
만기가 된 적금을 찾으러 간 은행에서 본
여성지에서였다
아직도 어디서 시를 쓴다는 것을 알았다

그날 나는 슬리퍼를 끌고 집으로 돌아왔다
보도블록 틈에서 풀들이 말라 죽는 가문 여름이었다
나는 신인들과 몇번 미팅을 가진 뒤
시를 쓰지 않았다
시를 쓰지 않고 살아도 될 것 같은 생각이 들었다

지금도 나는 시인이 아닌 것을 후회하지 않는다
수많은 시인들이 존재하지만 시인은 없다
시인이 없는 사회에서 나도 시인일 필요는 없었다

하지만 나는 Y를 기억해야 했다
연말 송년의 밤에서 그는 나를 보고 사라졌다
그것이 그를 본 마지막이었다 그는 필름 속의 기억처럼
남아 있다

Y는 나를 찾을 수 없을 것이다
Y는 시단 밖의 저 현실 어디선가 살아갈 것이다
나는 내가
Y의 생각을 하고 있다는 사실에 놀랐다
나는 다시 시를 쓰고 싶고, Y는 시를 쓰고 싶지
않을지 모른다

요즘 시를 쓰지 않고 살아가는 그가 불편하다
나와 Y는 만나지 못할 것이다

멀리서 실외기를 지나가다

지금도 이해할 수 없는 일이다
그 여름, 종로3가 피카디리극장 옆에서
그와 눈길이 마주쳤다
간판과 가로수 가지와 잎 사이에서
빤히 불을 켠 가로등 하나
전원 스위치가 다 내려져 있을 텐데?
어째서 그 한낮에
그 가로등만 켜져 있었을까
등갓이 없는 등은 창백해 보였다
그 가등의 세월 저쪽 끝에서 나는
이미 잊혀진 타자가 되었을 것이다
빛이 아니라 색을 칠해놓은 것 같은 등
그래서 한번 더 쳐다보았을,
하루살이와 나방의 쓰레기가 가득했을
그 플라타너스 가지 사이의 가로등은
지금도 나의 수첩의 기억에선 난해하다
모든 등이 다 켜지고
그 등 하나만 꺼져 있었다면

아니다,
꺼지지 않고 지나간 그 시대의 가등 하나
한창 여름이므로
지금도 종로3가 에어컨 실외기들은
부스럭거리며 돌아가겠지
나만이 그 가로등을 기억하고 있을 테지

거울 속 상하이 귀뚜라미

가을이 오면 상하이로 가고 싶다
상하이 귀뚜라미 울음소리 들으러
가을 하늘을 가슴에 담고 우는 귀뚜라미들

주변에서 적은 얼마든지 발견할 수 있다
한국 경제는 허약해지고
한국의 젊은 시인들은 빨리 늙는다
너는 어디서 피를 토하는 울음소리를 배웠니

어느 늪가의 칼날 풀잎 사이에서 자랐다
이 가을 다 가면 우리의 개체는 모두 죽는다
나를 잡으러 어서 오시지요
저 상하이 귀뚜라미 경매장으로
어서 뛰어가요 늦기 전에

거기서 싸우다 그들은 죽고 싶다
슬픈 것들을 모두 이긴 다음, 혼자 남아서
모든 피투성이의 죽음을 안고 죽는다는 가을

햇살을 친친 목에 감는
상하이 귀뚜라미
죽음의 의미와 값을 매기고 싶었다

하늘은 파릇파릇, 독 오른 풀줄기의 나라
귀뚜라미들 생채기가 새파랗다

눈과의 문답 시절

눈 뒤에 다가가는 헤드라이트
눈앞에 와 있는 고층 빌딩
그 어느 눈도 그 어느 눈을 부르지 않는다
그 어느 눈도 그 어느 눈을 막지 않는다

아무도 부르지 않고 아무도 붙잡지 않는
흰 침묵의 도시
서로 사라지고 서로 지우는 상공

사라진 것들이 어둠의 눈으로 휘돌아올 때
나에겐 언제나 이런 화답만 남는다

신혼 시절 파묻힌 눈보라가 기억나는 거니
혼자 있던 어둠의 한낮을 기억하는 거니
시단에 데뷔하던 날은 기억한단다

아득한 세월 속에
눈발은 눈발 밑에 눈발은 눈발 위에 눈발은

눈발 뒤에 눈발은 눈발 앞에 옆에
문답도 없이,
그의 나는 언제 다 사라질 것인가

황무지 모래톱

해변의 황무지를 쓰고 죽고 싶다
풀 서너줄기 이어진 석양의 모래톱

고독한 동북아시아,
변방의 한 시인 어린 킹크랩의 눈단추처럼
늘 기울어진 하늘을 찾는 물별을
기다리며

스스로 황무지가 된 해변의 나는
안쪽에 옹벽을 올린 절벽의 주거지에서
새물거리는 동북의 샛눈

황무지 모래톱에 눕고 싶어라
황무지 풀밭에서 나를 붙잡고 싶지 않아라
못 죽어 눈물도 없이

바람 우는 황무지 해당화야
흰 볼가 갯메꽃 나 수술에서 혼자 운다

먼 곳에서 해변의 황무지가 된다

깊은 샘, 깊은 뿌리들

깊은 샘에
닿아 있는 나무는 흔들리지 않는다
어떤 저항과 정의에도 현혹되는 법이 없다
오직 그 넘치는 물을 억제하고
독식할 뿐, 그들은 은자처럼 행동한다 지상에서
은자들의 모범이 되어 수많은 잎을 피워낸다
나도 그 샘에 뿌리를 적신다, 조금씩
조금만, 죽음으로 건너가는 뿌리처럼
하지만 해마다 가을을 먼저 받는 것은 그들
저 초록의 잎, 먼저 단풍이 들고 낙엽을 떨군다
먼저 허무를 펼치고 안으로 스밀 줄 안다
점점 깊어지고 견고해지는 깊은 샘의 검은 뿌리
다른 하늘을 쳐다보면서 뿌리와 샘은
은밀하게 이어져 있다, 깊은 샘물의 맛을 맡은
뿌리는,
돌아나가는 법이 없다
그 속에서 그들은 계속 동맹을 맺는다
그는 그 자리에 서서 말의 향연을 펼쳐낸다

건너가지 않으면서 건너가고
건너가면서 건너가지 않는 거대 뿌리의 나무들
이 먼 곳에선 상상도 할 수 없는
바람 부는 지상에서, 꿈만 꾸는 짧은 뿌리와
실뿌리는 바람에 흔들린다

멍게, 멍게

가장 먼 발바닥부터 바람을 불어넣고
비벼대자 벌겋게 부어올랐다

다리와 팔이 없어지고 척추가 사라졌다
마지막 눈과 코가 지워진 채
장님 무아(無我)는 거기 서 있다

비닐의 손바닥만 남아 배꼽이 되었다
욕망만 제대로 부풀어올라
우주가 되고 가장 어둡고 높은 곳에서
대뇌피질이 되었다

욕망은 부풀었다 꺼질 뿐
터지지 않고 찢어지지 않는다
반성하지 않는다 진화를 마쳤기 때문에
진화하지도 않는다

서서히 눈과 다리가 생긴다

나는 그 이름을 멍게, 멍게라고 부른다

비누는 미끌미끌

한마리 언어의 물고기 같아요
손바닥 안에서 자꾸만 미끌거리는 것은
손가락 사이로 빠져나가려 해요

손바닥을 미끄럽게 만들어놓아요
하얀 거품을 방울방울 만들어놓으면서
그걸로 날아오르려 해요 어딘가로
가본 적도 없는 허공뿐일까요

그걸로 일상을 뭉개버리려 해요
때론 비누가 손을 놓칠 것 같아요
손가락은 계속 거품을 잡아 묶으려 해요
모든 감각을 지우고 숨어요

이젠 더이상 비누를 장악할 수 없어요
비누는 앞으로 통제되지 않을 겁니다
어쩌지요 이 귀여운 지방산덩어리를

손바닥 안에서 살살 움직여요

　비누의 그대는 살살 다루어야 해요

여름이 아내를 잡아먹는다

마천루까지 올라간 욕망을 잠재운다
욕망은 색이 희다, 붉다, 검다, 퍼렇다
아무도 이 욕망을 통제할 수 없다
아내는 아파트에서 통곡한다

아내는 본능이 강하다 아내는 젊다
아내는 아이를 가지고
공중 링에 거꾸로 걸려 아이를 절개한다
풀밭에서 죽는 아이들의 울음소리로
하루 우주가 간다

욕망은 욕망을 토하고 삭제하고 싶다
욕망의 욕망이 되고 싶다
꿈꾸는 여름은 여름 속에서 죽어간다
욕망의 한철 아내도 죽어간다

욕망은 슬슬 다시 옥상으로 올라간다
매년 아내를 여름에게 잡아먹힌다

별, 아파트

하늘을 지나가던 별이 오늘은 옥상에 내렸다
불야성의 도시 한쪽,
어둑한 구석에 텐트를 치고 야영한다

반은 보이고 반은 보이지 않는 외계의 옥상
하늘로 열려 있는 위험한 옥상
이런 별밤 노숙은 아무나 하는 것이 아니다

모든 별은 오른쪽 별과 왼쪽 별이지만
희미한 별 그 위 파란 별들은
갈 수 없는 무한고도
바람 속 아픈 이야기들만 이 옥상을 찾아온다

단 일박의 경유,
도시의 불빛에 눈을 잃은 옥상의 밤하늘
나그네 별들은
젖은 새벽 텐트를 걷어 먼 나라로 이사 간다
아파트 옥상엔 이슬 자국만 남아 있다

멜라토닌이 찾아오는 저녁

세계의 지붕을 넘어
서양에 동이 터갈 때 용문에 저녁이 올 때
멜라토닌이 찾아온다
어둑해지는 나의 뇌와 마을 골목길은 같다

어머니는 혼자 멜라토닌을 사랑하신다
죽을 때도 우울이 죽음을 이겼으면 좋겠다
그 말을 들으며 아들은 물이 된다

내가 삶이 재미없다고
어머니 마음을 아프게 해드려야 하는데
지는 해가 좋다니
어느날은 이런 생각이 해마에 왔다 간다

서홍천 어두워지면
아내와 사는 동양평도 몰록 어두워진다
어머니 머릿속에 있는 멜라토닌이 만나
사랑을 시작하는 시간이다

얼굴 위에 전등을 켜놓은 채
죽음과 벗을 수 있는 삶의 지구를 넘어
용문산에 떨어지는 해와 함께 먼저 가신다

날개/옷걸이

신간은 출간되지 않는다
새로운 언어와 음울함과 서사와 메타포
시행 자체가 사랑의 핏줄이던 시절은
다시 제본되지 않을 것이다
우리는 어떤 문장에도 유혹되지 않는다
서로 붙지 않으려는 접착제처럼
아무도 죽지 않는 시단에서
난조(亂調)는 살아나지 못할 것이다
황사바람의 어둠속에서 술잔을 기울인다
아름다운 사람들은 모두 떠나고
언제나 못난 자들이 주인이 된다
피도 꿈도 절규도 없는 죽음의 암실에서
파괴된 아뜰리에, 시인은 사라졌다
옷걸이에서 시가 죽는다

덩굴손 잔잎 좀 보세요

최근은,
아무 일도 일어나지 않는 나날이 계속된다
그래도 한 구간을 건너뛰는 푸른 덩굴이 있다
언어는 인간밖에 사용하지 않지만
말을 더듬듯 구부리는 장님 줄기과 잎들
물색 하늘 풍덩, 손을 적신다

지금도 안에선 잎살을 붙이고 밖에선
터지지 않도록 끝을 봉합한다
한순간이 가버린 뒤론 꼼짝하지 않는다
저들도 종일 바람을 기다리고 있는 게다
나도 저 새 잔잎 한번 흔들고 넘어가는
한 자락 바람이라면

시인은,
태양이 찍는 자신의 등을 손바닥처럼 내놓았다
어느새 저렇듯 덩굴손이 된 것을
빌딩들은 모를 것이다

적막황홀의 아침에

눈을 뜨면 먼저 손목시계를 찾는다
철커덕, 한뭉치의 늘어진 시곗줄과 시계
눈 감고 왼손 팔목에 채운다
아내가 사준 크리스털의 렌즈만 한 시계
하지만 오늘도
저 과거로부터 있어온 지루한 삶의
그 환하고 눈부신 아침이다
대대로 시간과 희망에 속아서 은빛 시곗줄은
살이 되었다, 한뭉치의 살
나의 시간은 태양의 햇살처럼 간다
이젠 태엽도 풀리지 않으면서
우라늄이든 빛이든 한조각의 티끌로
재깍, 재깍, 재깍, 재깍
방 안에 햇살 들어오는 눈거울에
오늘은 무사 일출 이 시나 한편 짓는다
옛 시인들처럼

시골은 조용해서

간혹 개 짖는 소리와 닭 울음소리뿐

얼음가래침

끝이 좋으면 다 좋은 사람들의 아침에
가래는 가래침을 뱉는다
제일 먼저 학생이 그곳에 가래를 뱉는다
다음에 출근하는 남자가 가래를 뱉어 붙인다
마지막에 여자가 나가며 가래를 던진다
동네 으슥한 골목길

하얀 가래, 누런 가래, 검은 가래
가래가 벽에 주렁주렁 매달려 있다
가래가 천천히 아래로 떨어지다 벽에 붙는다
기관지를 찢은 피 묻은 객담
얼어붙다가 축 아래로 떨어지는 큰 가래
사람들은 뒤도 돌아보지 않고 사라진다

동네 학생과 남자와 여자들이 빠져나가고
조용한 정오, 가래 뱉는 소리는 들리지 않는다
추운 내일 아침을 기다리는 골목
밤새 가래는 가슴속에서 들끓기 시작한다

고드름처럼 얼음처럼 돌처럼 딱딱하게 굳은
가래에 또 어느 가래가
가래침을 뱉을 것인가 골목의 썩은 폐부는
커다란 볼록렌즈 같은 타구 속
더러운 아침이 만든 더러운 골목의 악취가
추위를 흔든다

탁, 탁, 탁, 탁…… 더러운 가래의 벽
저녁에 다시 가래 소리가 시끄러워질지 모른다
담은 키득거리다 귀를 바짝 곤두세운다

나의 순간 장난감

나를 하나의 이름으로 부르지 말아요
나를 당신의 이름 속에 묶으려 하지 말아요
당신의 길이 있으면 당신 길을 가도록 하세요
나를 끌어들이려고 하지 말아요
우리는 너무 오래 서로의 이름을 불렀어요
나의 이름을 혼돈 속으로 밀어넣고 싶어요
그리고 아직 분명한 건 아니지만
당신에게도 어떤 망각이 필요한 것 같아요
나는 필요를 버리고 싶은가봐요
내가 어떤 미명의 약속 외에 구름과 바람 같은
또다른 아침의 꽃으로 왔다 할지라도
이제 우리는 만나기 전의 시간 속으로
돌아가봐야 해요 이 말도 잊어야 하지만
현재가 아득한 과거의 현재이길 바라요
나에게 모든 것을 보여주려 애쓰지 말아요
이제 당신은 나에게 그러지 않아도 됩니다
나를 스스로 혼자 있게 놓아줘요
조용히 담 밑에서 햇살을 받게 해줘요

해가 지는 도시, 서향의 한 정류장에서 나는
당신에게 너무 오래된 말을 하고 있어요

시(市)는 죽었다

말과 함께 줄기차게 뛰어가다 돌아본다
암석 동굴의 도시 뒤쪽,
우리가 뛰어온 곳은 앞이 아니었다

우리의 시는 죽어서 살아간다
도시는 죽어서 사는 곳이라고 문장을 수정한다
그들은 시의 종말이 없다고 믿는다
종언만 있을 뿐

모든 말은 죽음 속에 모인다
끝이 늦게 온 시인과 끝이 빨리 온 시인
자기 역에 도착 못한 시인은 불행해 보인다

그들의 시는 파괴되어간다
그래서 역은 모든 시간을 사유화한다
단단한 이 첫번째 베드에서 나의 꿈은 잠든다
더이상 시를 배회하지 않는다

모든 시가 죽기 전에 나의 시가 죽는다
죽음의 거리, 시는 책 속에서 절규한다

거대한 등창

끔찍하다, 너의 등을 보는 순간
진실은 거짓으로 돌아섰다

돌아선 너를 본 이상 돌아설 수 없게 되었다
나는 그 자리에
어떤 인간들이 없다고 한 그 영원의 순간에
갇혔다

친구들이여 나를 추방하거나 보석하거나
변호하기 바란다
아니면
구겨 부서뜨린, 망각의 쓰레기통에 버려라

아니면 나를
한장의 지난한 세월의 소인이 찍힌
수취인 거부의 밀서로 기억하기 바란다

매일 지나가며 침을 뱉는

메마르고 추악한 지구의, 도시사막 한쪽에서

나는 아무래도 기억할 수 없겠다
철과 유리, 시멘트의 욕망과 상품들을

나는 다시 떠오르지 않는, 한덩이
어둠으로 남는다

나는 엘리베이터인 적이 없다

때로는 고적한 가을의 울림 속에 갇혀 있었지
가녀린 숨관이 질서정연한 자동개폐의 호흡을 할 때
목마른 수피를 입질하는 수많은 경험에 놀라면서
나는 한번도 길을 돌아온 적이 없다
그 한적한 통로를 지나 적막한 엘리베이터 박스 아래
가 있었다, 사선의 오후 햇살처럼
101호 301호 1501호 저 가까운 하늘까지
같은 통로의 굴뚝과 베란다와 주방 창이 열려 있었지
방문할 수 없는 개인의 성역이므로
내가 살고 있는 그가 몰두하고 있는 곳은
침실과 변기와 안드로메다 반대쪽의 컴퓨터
그리고 저쪽 한낮의 반달이 되어 잠든 텔레비전
또 회복불능의 북극은?
아 어지러운 여름, 요란스러운 햇살의 소음 속에서
너는 다시 쓰라림이 지나간 자국에 굵고 빠른 바늘로
저런, 상처를 봉합하며 또 무두질을 시작했나
이렇게 가을의 고적 속에 숨 막히게 갇혀 있지만

음식물 쓰레기통의 뷔페

음식물 쓰레기통에 봄이 온다
제일 먼저 새들이 나뭇가지에서 내려온다
한강 오후 햇살도 그곳을 들렀다 지나간다

담 밑에 모자를 쓰고 침묵하는 쓰레기통

두마리 애인 새가 음식물 쓰레기통에 날아와
날개를 파닥이고 공중부양한다
새들의 나뭇가지빛 부리가 반짝인다

아름다운 파리들의 부패축제가 시작되었다
음식물 쓰레기통에서 나오는 향기는
고양이 발톱에게 비닐봉지를 뜯긴다
장미가 곧 이 냄새를 맡고 찾아올 것이다

버킷에 저 쓰레기빛들을 공중에 날려보낸다

태양의 인공막창집

이 지상의 초원은 유한하건만
그들은 무한대 인공막창을 만들어낸다
미싱바늘은 만인의 감각으로 찰나마다
한줄의 인공막창을 박아낸다
제작은 배고픔만큼의 광속으로 움직인다
인공막창을 바늘이 뚫고 들어가도
내용물이 흘러내릴 틈이라곤 없다
너무나 많은 사람들이 줄 서 있기 때문에
빛은 너무나 빨라 그냥 멈추어
서 있는 것처럼 보일 정도, 그럴지라도
씰리콘 펠릿으로 마구 달려가는
칩의 속도는 점점 느려지고 있다
조각은 이완되어 허물어질지 모른다
저 욕망의 허기를 따라잡을 수는 없다
저 감가상각비를 어디서 충당할 것인가
이제 우리가 인공막창을 만들어내면
그들을 창자 속에 집어넣기만 하면 된다
이 도시의 헌 도살장 인공막창집에서

이의 같은 것은 아무 의미가 없다
그 어떤 비정부도 기웃거릴 새가 없다
무한대의 초고속 대량 동시 생산만
오장육부의 모든 불안을 해결할 수 있다
끝없는 분주함이 지구의 사명이다
한 인간은 오늘 인공막창을 한대접
생간처럼 배 속에 집어넣고 돌아왔다
주인공은 가을 속 침대에 홀로 누워
인공막창을 끌어안고 쿨쿨 잠이 들었다
아이도 여자도 없는 이 주인공 남자는
어떤 책도 음악도 장식도 필요 없다
능욕 같은 굶주림의 창자는
모든 고통을 비웃고 죽은 듯 잠들었다

DNA의 쾌락

이 나선형 스프링이 가끔 안에서 걸릴 때가 있다
그때 나는 기척을 낸다 나도 모르게
기침을 캑캑, 동화 속의 늑대나 당나귀처럼
그 순간들이 수도 없이 많았다는 것을 알게 되었다

이 나선형 스프링은 무한히 부드러운 곡선을 그린다
어디로 가는지 모른다 어둠속 어디
아무것도 없는 살 속을 마치 공기 속처럼 침묵의 비밀
속에
혹은 부드러운 언외(言外)처럼

그곳을 따라가고 싶은 소년의 여자는 유실된다
졸릴 때 혹은 가장 낮은 의식의 고한(孤寒) 단계에서부터
나는 모든 것이 희미하다는 사실을 알았다
그때는 내가 또 미안하지만 눈을 감을 때였다

아 돌아오는군, 나는 벌써부터 여기서 기다리고 있었는데
이제 보니 모든 것이 예정되어 있었다니,

이것을 찾은 기쁨은 저 히말라야산맥에도 없을 것
다만 나는 이미 그 속에서 사라져갔지만

지하철 배기실 뚜껑 위
망각의 하드커버를 들고 걸어가던 어느 오후의 도시
갑자기 발밑이 우르릉 울던, 전철 레일의 지루한 꿈결처럼
숙녀의 나는 피우다 버린 짧은 DNA의
담배꽁초의 마른 기억의 향을 맡고 있었다

쯧쯧쯧, 사라진 그러나 존재했던 쾌락의 이름들

발코니의 처서

스테인리스스틸 식기를 씻어 활짝 내놓았다
여름 끝물의 가을이 오는 처서 근처
눈매가 갸름해지면 여자는 새로워지고 싶다
늘 재바르고 단출한 유리컵까지 내놓았다
서울의 팔월 아침 햇빛을 향해

주방 가스불에도 눅눅한 곰팡이류 탓일까
밑을 쓰다듬어도 맨송맨송한 광택의 둥근 밑바닥
닦아내도 닦아내도 무엇이 남던가요
거기서 끓던 물은 다 어디로 갔을까요
이곳은 팔층, 내 손바닥은 뜨겁지도 않다

나는 찬 산바람도 들어보라 문 열어놓고
꼭지가 떨어져나간 뚜껑을 뒤집어 세워준다
풀벌레들 마구 울어쌓는 아직 이른 가을날
하도 씻어대 바닥은 은만큼 하얗다
그 바닥에도 생의 회귀선이 지나가는 것일까

우리나라 여자들은 식기도 일광욕을 시킨다
냄비 곁에 낯선 식솔 같은 칼 도마 숟가락
평창쯤 먼 산 가을의 들바람 잠깐 쐬러
한데로 나와 널린, 그 닷새 장날의
쩔렁쩔렁 새것 소리 내던 처음 식기들처럼

하, 발코니에 진열한 우리 집의 내면 풍경
우리가 우리의 저 냄비 속 무얼 소독하려고
무엇을 가지고 무엇을 만들겠다고
망가진 것을 고쳐낼 비법이 나에겐 없기에
비로소 스스로 바람을 쐬러 가출을 하셨다

새들이 공중제비하는 공중

새들이 날아가는 하늘의 공기를 오물거리는
철렁, 재재대는 저녁별의 새싹들
입술빛 저녁이 대초원까지 갔다 조금 전
돌아오기 시작했다

아르갈의 어둠만이 집이 아니었다
어둑한 바다의 골목을 올라오는 한 영혼은
닳은 끈과 하얀 호크의 어깨가방을 메고
빵처럼 딱딱한 가죽구두를 신고

싹들은 캄캄한 가죽주머니로 다 들어갔을까
잎줄기로 자신을 묶어 잘 보관했을까

언제 어디서나 이렇게 내 문장은 되지 않는다
모든 것은 문장이 되려고 하지 않는다
또 모든 것은 문장이 되려고 한다
문장은 새처럼 이름을 부르며 도주한다

잎들은 탄소동화작용을 멈추고 퇴근했다

천장에서 자신을 내려다보는 무늬를

시로 쓰기 시작하면, 내 염색체를 볼 수 있다

마리아의 마리아

한 여자가 수평선을 긋는다
수평선을 긋고 움직이지 않는 여자
화강암처럼 단단한 구름이 되었다
여자의 수평선은 수평선으로 돌아가고
수평선의 여자는 자취를 감추었다
그후, 수평선에서 나의 첫 아침 출영은
어느 횡격막의 피 묻은 손수건 한장
물결에 아슬아슬 건너오는 마지막
창난빛 아침 하늘로 해 띄워 보내면
마리아, 물밑에 금을 긋는다

* 2004년 겨울 블라지보스또끄의 한 아파트에서 만난, 스딸린 시
대 학생이었던 마리아는 일어서서 뿌시낀의 시를 여러편 낭송
했다.

장미처럼 발화하는 것 같다

원고 청탁이 오면 작품을 만들려고 골몰한다
경험만이 아니기에 어느날 시가 어려워졌다
약간 야릇한 이물질을 씹기 시작한다
한순간, 나는 장미처럼 발화하는 것 같다
발화는 혀처럼 허공중에 장미를 찍어댄다
그 여자의 얼굴의 망각의 마지막 첫키스처럼
사회에서 할 수 있는 일이 어쩌다 고작
이것밖에 없게 됐나 생각하면 슬프기도 하다
나는 다른 걸 꿈꾼 적이 절대 없다 말한다
그럴 때 내부의 거울 앞에서 참담하다
하지만 나는 은연중 계속 길조를 기다린다
길조는 날카로운 화석 같은 울음을 토한다
그때 나는 아무것도 못하고 기다릴 때가 많다
한 자모의 빗방울이 눈앞에서 쨍 깨질 때
그대는 지금도 파적(破滴)의 아픔을 기억하는지
나는 그걸 조건 없이 답삭 껴안는다
색깔과 모양에 상관하지 않는 시선만이
그 꽃이 뜻밖의 사랑임을 알게 할 뿐이다

죽음 속의 기척을 위하여

설치미술가가 그의 시비에 전자시계를 설치했다

저녁 시비에 전자시계가 깜박깜박, 한낮의 시간들이 여기서 잠을 깬다

튤립이 개화한 뒤 무의미의 발자국과 쓸데없는 눈의 버릇들

아라비아숫자는 어떻게 여기까지 왔을까

저 무시간 속을 생각하면 어떤 생도 견딜 수가 없다

시가 없었다면 시비는 저 불볕 세상을 무엇으로 삼았을까

풍계묻이를 한 미술의 비밀 사다리, 시간은 시비 앞에서 말했을 것

어디로 갈지, 꿈이 문자를 들여다보고 심장이 불을 켰다 다시 켰을 것

살았을 적 초인종이 울리던 시계의 한 시인

손목 속에서

사랑 자체가 정신분석학의 대상이 되어야 한다는 말,

거울 속의 시비가 달을 쳐다보면 시간은 내 곁에서 물의 수심을 읽는다

몸서리치며, 매일 보라의 어둠을 떠도는 행려시(行旅屍)는 펄럭, 옷을

세우고, 시계는 울었으나 귀 따갑지 않았다

설치미술가들은 장난을 치다 졸음에 묶이고 말았다

시퍼런 하늘을 쳐다본다

하늘의 둔기가 내 머리를 내리칠 것 같다
찰나처럼 단 한순간 그 고통이 지나간다면
그 둔기를 기다리고 있는 것이 내겐 맞는 말이다
둔기가 전혀 생각하지 못한 순간이 있다면
그때다 싶게 줄을 끊고 허공을 광속으로 달려오라
둔기여, 내 머리통을 단숨에 박살내어버려라
수박처럼 부풀어오른 머리통을 가만히 두지 마라
둔기는 저 멀리 하늘로 두둥실 건너가고
그대 현실은 여름 한철 태평성대로 지나갈 것이다
그네처럼 아무도 없는 가을 그네처럼, 그래
텅 내 머리를 스쳐간 흔적조차 남기지 않는다
소슬바람에 출렁거리는 둔기여, 거대한 내 둔기여
낡은 궤도와 낡은 긴장을 찢어 불태워버리고
나의 모든 장기를 빼내 천공에 해초처럼 내다 널 것
지구가 걱정 없이 건너갈 수 있도록 말이야
저 마른 하늘에 천둥번개가 쾅쾅 치고 있을 때
오늘도 텅 빈 하늘을 쳐다보오 갈급한 내 둔기여
공포에 질리는, 눈물겨운 단 한번의 둔기여

어마어마한 날카로운 광속의 둔기 하나여

쓰라린 네시의 산

여섯시에 해가 지는 나라
다섯시에 퇴근하는 나라
일곱시가 되어도 저녁을 하지 않는 나라
여자들의 주인이 없어진 나라

네시에 저녁을 짓는 나라
네시 반에 어두워지는 나라
다섯시에 일찍 저녁을 먹는 나라의 조반 대신
아버지들이 외할아버지 같은 나라

아버지들이 돌아오지 않는 나라 동구에서
여자의 말을 듣는다 귀에 들리는 여자의 말이
앉아 나를 껴안고 운다
주변은 온통 여자들의 어둠이 가득하다
더이상 숨거나 탄로 날 일이 없다
멀리 남쪽 어둠속엔 보라색

이미 모든 것이 완성되어 있다 다저녁빛

세시에 햇살이 눕는 나라에 와서 울지 않는다
눈물 없는 너의 나라에서
눈물을 아는 거짓말의 꽃들

두시에 해가 진다 일년 풀대들이 쓰러진다
해 저물어 궂은 날이 울고 있는 새의
눈 속, 이곳의 작은 여자들

로봇 싸이버나이프 다빈치의 고백

그림자 칼이 내부로 들어간다 나는 잠들어 있다
다빈치는 과립의 미토콘드리아를 지나간다
피가 흐른다 실과 전자바늘, 칼을 가지고 다빈치는
어느새 그 뜻밖의 암초에 도착한다

암초는 그를 뜨겁게 맞는다 제발 날 없애줘
왜 내가 지금, 다만 그런 것 따위는 묻지 않겠어
오직 나를 제거해줘 부탁한다
왜 내가 이 사람의 생명을 끊어야 하는 거야
나는 누구로부터도 죽음을 받고 싶지 않다

간접 화상으로 들여다보는 내부의 벽은 슬픔
그렇다 나는 너를 도려내야 한다 너 자신의
마의 뿌리까지 뽑아내야 한다 심장이 시려온다
유사현실 속에 나의 고통은 유사고통이다

다빈치는 의사와 간호사도 없이 밤을 지새운다
캄캄한 어둠속에서 나를 수술한다 나는 눈물을

흘리고 있다 육체의 유리창에 성에꽃이 오른다
겨울의 쓰라린 새벽 동이 터온다

태양궤도의 길고양이

네가 지금 어디 있는지 알고 있다
네가 어디서 누구 손으로 왔는지도 알고 있다
네 자그만 눈이었지 앞 못 보는
달만 한 화점의 동그란 그 움직임은
결국 이 눈은 나의 약점이 되고 말았다
친구들은 무엇이든 찾아 먹을 수 있다 했지
왜 지금 그 말이 슬픔으로 기억되는지 모르겠어
미래는 시각 대신 청각만 남을 거야
네가 아프지 않게 눈 가장자리부터 먹었지
넌 미끄러운 세포질 속으로 사라졌다
지구의 마지막 작별인사도 치르지 못했다
내 영혼엔 조용히 졸음이 찾아와
두 팔로 입을 감싸고 소파 밑에서 잠들었다
이 모든 것은 자신의 꿈에 불과해
음, 누군가 이 관계를 말해줄 테지

사양(斜陽)의 가족사진을 찍다

날개들 떠나기 시작했다
수돗가에서 두 철 까맣게 탄 도채장이들
분(盆)째 거실로 들인 남향의 오후
자 사진을 찍자, 저 멀어지는 빛으로
이 시대의 시인은 없지만 우리끼리 시인이다
시인들이 말을 다 잃어버리고 있지만
우리만은 말을 물고 있어
오지 않는 것들은 기다리지 않는다
이상했지, 한로 상강 간은 소리가 없더라?
남양주 동산에 해가 지는 마음의 밑바닥에
사양을 대고 기념사진을 찍는다
자 나를 똑바로 봐, 하나 둘 셋, 찰칵
아리고 슬픈 소리는 유리창 앞에서 끊어졌다
잠 속에서 해가 지나간다

부채를 들다

검은 부채 속의 도시가 부채질을 한다
바람 한점 없는 차도에서 나의 부채께서는
단자엽 바람을 내고 타이어 사이에 끌려간다
척, 얼굴을 자해하는 흑백 산수
오물을 뒤집어쓴 꿈은 구곡간장으로 떨어진다
백야의 한낮의 이 도시는 혼자 있다
혼자 지내는 도시는 무한의 무료를 느낀다
다시 부채는 마천루의 어둠을 뒤흔든다

팔에서 굴러나오는 몇장의 바람은 절망이다
부채는 심장을 초극할 수 있는가
이젠 아무도 이 도시를 움직일 수 없다
아, 부채잡이는 부채를 올리고 부채를 부친다
무풍지대의 자동차들은 부채 제자가 된다
도시를 분노하고 경악했던 옛 부채는
조용히 도시 속에서 죽었지만 길을 안내하는
그 몇번의 바람은 스쳐지나간다

다시 오이를 올리며

뒤란엔 정말 조금씩 사랑이 자란다

가느다란 줄기 위에 아까운 시간이 피어나온다
　줄기 안에서 귀여운 귀는 말려 있다
소리를 따르는 햇살을 따라, 장님의 눈은 손바닥이
된다, 오므리다 몰래 말없음표의
　길이 된다

언제나 고비를 넘기고 탈주하지 않는다
　엄마 배 속에서 정해진 길을 가기에
익을 땐 앗, 그래! 같이 탄성하고 같이 깨무는 것
청색 데옥시리보핵산의
　　　　　　　　푸른 비린내,
물속에 물이 덩굴지는 향기가 있어서
　나도 다시 뒤란에서 손장난을 시작한다
　그래서 어른도 조금씩 다시 자라고
눈 속에선 아픈 싹이 썩은 눈을 밀고 돋아나온다

한톨의 감자라는 시간 속에서

누구인가, 다가와 냄새를 맡더니 갉아 먹는다

대개 반대파의 어떤 유전자는 끔직해지기 마련
곧이어 시원해지기 시작했다
하나의 씨가 이렇게 크게 자라는 건 가려움증이다
그는 눈부터 갉아 먹어치웠다
눈이 과자처럼 부서졌다, 물기와 함께
나의 귀는 음악을 듣고 있는 것이 분명하다
이윽고 귀가 사라졌다, 도처에 박혀 있던
저 밖의 번잡한 도시는 상상도 기억도 못할 일

감자의 아름다움과 애틋함을 느꼈다
현재 감자의 높은 소멸의 경지를 비록 모를지라도
감자의 다이아몬드로 사각거렸다
한톨의 감자는 사라졌고, 누군가 자리를 비우는 순간
언제 돌연 나타나 또 거기 있을지 모른다
나는 부서져 없어졌다

블랙박스의 웃음

혀 사이가 신음한다
비대칭 유리들이 물결에 쌀랑거리는
재앙의 지느러미들 활활 타는 붉은 블랙박스를
껴안고 놓지 않는 검은 유령의 아이들
비장이 녹아내린다
모든 문명과 언어와 빛은 거짓으로 판명되고 있다
재로 뒤덮인 동쪽 지구의 회색
이튿날도 그 이튿날 아침도 꿈이 아니다
칼날의 빗방울 표창의 비산들이 횡행하는
기이한 입자들이 도착하는 빛의 사투, 그 억제력
일조분의 일조분의 일조분의 천억분의 일의 끝에서
암흑이 되는 심장
그들은 모두 어디로 갔을까
발코니의 풍경은 갇혀 있다, 벌집은 돌이 된 채
자비로운 금빛 태양의 태평양에서
봄 아침 해가 춥다

유르트의 눈으로

잊을 수 없는 너의 하늘의 영혼에게 편지를 쓴다
쓸 수 없는 내용, 사용할 수 없는 언어 사이에서 혼자
몸부림친다

마음이 아파서 그대를 쳐다볼 수가 없다
그대가 환영이라는 걸 말해주고 믿어야 하기 때문에
시퍼런 하늘거울을 우리 앞에 높게 세워줄 수가 있겠니
바람에도 쓰러지지 않도록

나는 머리 위 부드러운 태양풍을 인정하지 않는다
그들이 모든 것을 주고 모든 것을
가져가기에

이미 모든 것은 늦었다, 모두 가버렸다, 편지도 쓸 수 없다
이 고원은 풀과 바람과 햇살뿐
어떻게 이 침묵의 편지가 너에게 도착할 수가 있겠니,
게르의 눈으로 오후의 문을 닫는다 나는

하나의 풀을 내다보며 내 안에서 죽는다, 혼자 그늘은
너의 광속을 따라가지 못해, 아무도 모르게
그때 머리맡의 들리던 풀 울음소리로 지나가는
물의 기억으로

나의 쓸 수 없는 편지는……

* 유르트(yurt): 몽골 유목민들의 거주 공간. '고향'이란 뜻이 있다.

소형(小型) 플래시
센다이 시의 키요따께 코우(淸岳こう) 시인에게

적막 속에 숨을 멈춘 바다 위로 공포는 플래시를 비춘다

침묵의 거대 환풍기가 돌아간다, 아 나는 기이하게 삶의 방식을 잃어버렸다

분명했던 시간이 기억나지 않고 물의 태풍 속에 모든 것이 사라지다니,

그런데 또다시 지축과 도시를 흔들다니!

플래시는 나의 눈 속에 빛을 터뜨리지 못한 채 망각의 안개 속에 흩어지고

정말 저녁 금성은 너무나 멀고 차갑군, 모든 삶은 걸어온 길을 찾아 떠돈다

끝이 찢어지는 절규가 매몰되는 저 칠흑 어둠의 한구석,

내일도 그 노랗고 따뜻한 플래시 불빛의 동그랗고 작은 얼굴은 찾아올까?

또다른 칸나 한 뿌리는

뇌에서 칸나 뿌리의 혀가 움직인다
이것은 중얼거림, 약간의 실망과 저항
나에겐 비록 하나의 젖도 없으나
작고 검은 이 돌의 돌기를 물어주길
안에선 부끄러워 칸나는 통째 못 나온다
노래는 죽음으로 변신한다, 다른 잎으로
낚시 고리와 뿔대가 구부러져 간지럽다
세포와 세포 사이를 어떻게 열고 나오는가
정보는 권력이 아니고, 오직 즐거움
낙화를 위해 숨이 개화하는 건 아니다
밖이 모르는 노래를 혼자 부르는 비원
하늘의 태양은 하나의 영혼처럼 정지했다
다른 칸나 뿌리가 썩은 두개골 속에
한송이 조리개로 비춰지는 지난날
거울을 들고 일몰의 소리를 듣는 심장
지구 위에서 칸나의 비명을 듣는다

신혼 시절의 교차로에서

눈을 다친 것들만 지나간다, 언제나 첫 상경의 새내기들
아비의 파도와 사업을 믿고 올라온 아이들이다

더 얼어붙을 그늘이 없는지 말리고 있는 짧은 한낮
눈 속에 집어넣는 일억 오천만 킬로미터 밖의 조각거울
하나
석양 속에 하늘로 우뚝 선 백화점과 관공서
흔들릴 만한 것은 이 도시에 모두 없어졌다

고가도로 밑의 작은 교차로에만 바람이 몰려든다, 휴지
처럼
지금도, 갈매기는 저런 난간엔 앉지 않는다
비둘기들이 언 똥을 뚝, 뚝 눈 맞추듯 떨어뜨리는 곳
그곳만 시선이 얼어붙는다

기적의 꽃의 이름과 낙화의 흔적이 없는 빙하의 도시
빵, 빵 장난감 택시들의 작은 유리창만 종일 지나가는 교
차로

저쪽, 택시를 타고 종일 클래식으로 돌고 싶은 저쪽

이 도시는 실종자가 없다, 주소가 없다

빛을 모아주세요

이 추위 속에서도 빛을 모아주세요
입춘까지, 살얼음 꽃을 건너가는 웅달 속에서도
작은 자책과 분노로 조각난 저 빛들
도시 상공의 한마리 작은 새 날개는 동그랗게
심장 속에만 담겨 노래가 될
빛들을

창밖, 먼 태양의 고독을 아시는가요
광활한 우주에서 혼자 불타는, 한낮의 핵반응 소리
들을 수 있나요, 하나의 점, 지구의 한쪽 밤
죽음의 소리를 들을 수 없지요,
아무 일도 일어나지 않는 일상 속에선
일억 오천만 킬로미터 외곽의 한 허공에 떠가는
자전체는

두려워요, 잎과 잎 사이 줄기와 줄기 사이
다 사라져가는 저 무용의 빛들,
아무에게도 코를 잇지 못하는 말의 거리

어둠이 되어버린 허공의 빛을 잡아주세요, 그리고
누구에겐가 전해주세요, 꼭 한다발의 빛을

푸른 물고기의 울음

귀 없어도 얼음이 첩첩한 하늘에서 들린다
푸른 물고기의 파란 울음소리,
종족끼리 살해하고 여자의 성을 위로하며
황량한 유전의 길을 가는 인류,
하아, 기도를 파닥이며 터뜨리는 마지막 울음,
하늘이 손바닥만 한 혹성의 지평 너머
지구, 벌거벗은 두 눈과 두 다리와 가슴속
엉망진창의 자궁 속으로 물이 찬다
마구 만들어진, 잘못 만들어진
정교하지 못한 인간들
나의 심장은 왜 지금도 태초이며 불안인가
왜 종국을 향해 추악한 몰골을 끌고 가는가
다 닳아버린 육체의 헌 옷을 가지에 걸친 채
쩡쩡 깨어지는 결빙의 하늘,
날갯죽지 밑 얼음장의 신장을 쓰다듬는 꿈
푸드덕, 통한의 기억을 토해내는
얼음 물고기의 잔혹한 죽음의 울음
푸드덕, 물을 토하는 손가락만 한 경구개의 문

사레가 들린 한마리 물고기의 임종이다

그해 여름, 파랑 개구리들의 기억

우리는 그때 양서류였다, 꽈리를 부는 것만 일이었다
물꼬에 물이 차면 우린 벌써 태어나 울고 있었다
그러나 한번도 의심한 적이 없다
인간의 턱과 비슷한 노란 꽃들을 쳐다보는
저 눈 속의 원시선을 닮은 꽃 총상이 그들의 주제였다
과거, 달개비꽃과 개구리 원시선은 불가능의
동일형상이란 이설이 있었다
식물의 꽃 형상이 동물의 눈동자 속에 들어간 것
미토콘드리아처럼 이들도 개구리 눈 속에서 유전한 것
물을 이어 짠 폐의 실들이 핀에 뜯길 때
핀보다 자신의 존재를 의심했다, 그 순간이
그 자연에서 태어나 내가 울기만 하던 마지막 기억
메스는 현미경 속에서 나의 식물성 폐를 회 치고 뭉갠다
해체된 망막에서 원시선은 보이지 않는다
지문의 무늬 선은 다 사라지고 아무것도 남지 않았고
나는 그해 여름, 파랑 개구리의 기억이었다

그녀의 초록 손에 쥐여준 엘레강스

엘레강스 줄기에서 뻐꾹새가 울 수 있다면
엘레강스 줄기에서 아직도 물이 올라오는 것을
관찰할 수 있다면 너의 눈이
나의 눈이 되어 줄기에서 노래할 수 있을 것
입과 눈의 최초의 합창처럼
다시 엘레강스 줄기에 뱀이 기어 내려온다면
꼬리를 걸고 거꾸로 얼굴을 쳐든다면
그 관다발의 숨소리를 정말 들을 수 있다면

나는 어디 있어 아직 돌아오지 않는 걸까
아직도 그렇게 같은 삶을 오래 살고 있는 걸까
여자에게 준 한줌의 엘레강스
러브체인처럼 허공을 건너가지 못할지라도
첫번째 언어로 살아난다면
엘레강스는 선물이 아니고 눈의 노래가 될 것
겨우 푸드덕, 걸개 건너편 한 액자 속
이 지상의 수천의 천국 위로 겨우 날아갈 것
꽃을 피우러 가는 입춘의 물줄기 끝 입처럼

대하(大蝦)

검은 신의 빛을 띤 배 바닥, 수정 백자(白子) 같은 하란
(蝦卵)
　그 안에 아무것도 없는 속임수의 집게발, 수염, 촉각

　알을 안은 대하, 적들이 노린다는 걸 어떻게 알았을까
　머무름이 없는 유속(流速)의 세계, 어른거리는 자줏빛 생
명의 존재,
　물 밖의 정적을 살피는 지구 초병의 겹눈,
　미물(微物)의 대하가 아니고 인간의 대하가 아니고 대하
의 대하다

　선생님은 벌써 사십오년 전, 그 초라한 책으로
　저 대하를 만든 존재는 이 자연에 아무도 없다고 가르치
셨는데
　나는 지금도 대하의 물속을 물끄러미 바라보며
　찬탄을 금치 못할 뿐이다

　아, 정말 누가, 정말 저 대하를 만들었을까

저 갑옷의 대하를 어떻게 저리도 정교하게 만들 수 있었
을까

애채들이 우는 지문의 기억

허공의 그대가 살며시, 땅에 첫발을
내딛는 순간, 눈록들은 전율한다
신이 툭, 히말라야에 던져놓은 재규어
돌이 발에 닿는 순간, 눈이 열리고
그 눈을 찢은 영혼은 갑자기 태어났다
모래를 심장에 전하던 백만분의 찰나
짧은 정강이 아래 봉합된 발바닥
지평선과 대칭한 복부의 곡선과 음부
그 안에 걸린 복잡한 장기들
왜 그것들이 꼭 있어야만 했는가
꼭 다문 입처럼 강인한 항문의 괄약근
그 위를 뛰어가는 한주먹의 흰 돌들
만약 스스로 존재한다 할지라도
누가 저 재규어를 상상할 수 있을까
등골을 타고 성기를 가린 긴 꼬리
호랑가시나무 잎사귀가 뒤덮인 혓바닥
사뿐, 검은 바람의 호명이 되던
헤아릴 수 없는 그 세월, 몰록 흐른 뒤

지구 밖의 허공 속 벼락을 쥐고
공전궤도를 우두커니 서 있는 그림자
마지막 재규어는 지금 어디 있는가
살며시 지구에 첫발을 내딛는 순간,
아, 한묶음 꽃의 울음이 터져나왔다

우리 집 땅속 피아노

그때, 흙과 돌을 파내고 정화조를 묻었다
그후 대뇌피질로 별을 내다보았다
그는 새벽마다 변기에 앉을 의무가 있다
강우와 관장에 대한 뒤뜰의 숙고도 있지만
말라버린 정화조는 죽음
그것은 배설하지 못하는 아내와 그의 미라
장기가 말라버린 도시는 폐허의 제단
정화조가 무너진 하수종말처리장
슈퍼에서 장으로 건너온 모든 곡물과 생선은
헌 영혼은, 정화조 곁에 눕는다
그때 그는 정화조와 함께 무언가 먹고 싶다
아, 하고 작은 벌레의 입을 벌리면
섬모의 줄기들이 일제히 머리채를 흔든다
아, 좋다는 신호가 온 것,
정화조의 선율에 음식물은 잠이 든다
반고리관의 나무망치, 피아노줄을 내리친다
눈부신 부상나무 한그루가
배 속의 정화조로 구슬구슬 넘어갈 때

쾅, 우리 집 땅속 피아노는 뚜껑을 닫는다

거울 도시

개들이 불빛처럼 짖어대는 도시의 저녁이다
유리창을 타고 오르는 빗방울은 아래로 미끄러진다
날개의 귀들이 펄럭인다, 어둠을 물리치던 영혼의 의태어가
빌딩 박스의 도심을 향해 짖어댄다
저물어가는 환한 벼랑의 점멸 사이, 말하고 싶은 개들

한 남자가 죽고 영원히 누워 있는 화염의 자리
낯선 언어들이 서성대는 소음벽, 특혜가 넘쳐나는 시장
은 시끄럽다
하늘도 해가 지면 쥐눈만 한 것에서 헤드라이트만 한 것
까지
캉캉, 으르렁, 볼륨을 높인다

어디론가 가고 싶은 여름날 저녁의 오랜 시간,
다 건설된, 다 파괴된 이 방음의 성채, 산은 어디 있는가
직각의 시간은 문득 낯선 나라의 도시에 도착했다
어둠이 둘로 갈라지면서 새로운 시간이 우뚝 섰다

한쪽에 진화되는 인간의 도시가 외롭게 흔들린다

참나무시드름병감염목

의정부 너머 원효의 소요산에서 보았다
생존의 시간들이 버리고 간 톱날의 흔적,
톱날을 혀로 받아 단면을 핥고 있는
투명 비닐 앞 흩어진 흰 눈
기척 없는 한낮 겨울 산의 풍장
바람을 업고 잠든 이 기이한 생참나무들
죽어 있는 양 고요하고 추워,
선명한 나이테는 침묵의 두루마리인가,
복사뼈에 겨울 석양이 비치는
페인트칠한 검은 글자의 흰 표지판,
참나무시드름병감염목입니다
건들지 마세요 영림서에서 연구 중입니다
선사시대 말을 하는 어느 가족의 순장
삭풍에 펄럭, 하늘을 날려는 생목숨들
다른 종족의, 생명의, 같은 죽음의
검버섯도 없는 상한(傷寒)의 검은 목내이들,
어디선가 목도소리 들려오고
주검은 저녁 산속, 가파르게 솟아오른다

104

보잘것없는 인간

지구 앞에 앉아 해바라기하면 K는 보잘것없는 한 인간
머리가 파손되고 팔이 잘린 바람과 흙의 토기
칼을 들고 왕을 지키고 서 있는 보잘것없는 관료와 같다
그 노고로 급여를 받고 그것으로 가족을 부양했다는 것뿐
무엇이 와서 소리치고 갔는지를 모르는 광속의 시간은
태양의 눈알만 지나가는 바다에 떠 있다

너의 튼튼한 중추신경도 넓적다리 살도 보잘것없다
K의 신장, K의 간장, K의 회맹판, K의 랑게르한스섬,
K의 눈
눈물겹게 나는 자신을 너무 깊게 관찰했던 것
끝의 마음은 눈물을 만들고 눈물은 눈곱을 남긴다
렌즈 속에 사라지는 잎사귀 하나만도 못한 기억의 저쪽
눈을 찢고 나온 새끼들은 모두 죽음으로 댓가를 치른다

저 98층에서 무엇이 내려오나

98층에 사는 친구는 98층을 닮았다
친구는 술을 같이해도 집에 데려간 적이 없다
무섭지 않으냐 물으니까 안 그렇다 한다
아니 세상이 안 무서우냐 물으니까
아니 세상이 무섭지 않다니까 한다 덧붙여
가끔 먼 고향 이내가 보일 때 있다 한다
그래서 모든 것 팔고 정리해서 입주했다
구름이 가면 바람과 함께 가버린다
남해 태풍이 불어오면 98층이 약간 흔들린다
나는 친구의 말에 이상한 매력을 느낀다
공허도 아니고 여탈도 아니다
그리고 솔직히 그 98층에 올라가보고 싶었다
과연 지상 98층에 98층이 있을까
그 아래는 97층이고 그 위는 99층인가
나는 그 누구도 모르게 친구가 날 데리고
98층의 자기 거실로 안내했으면 한다
마천루의 처마가 있는지 위를 쳐다볼 것이다
그는 나를 점점 유혹하기 시작했다

서해에 해 떨어지는 것을 따라가며 본단다
땅 끝에 어둠이 기어다니는 게 보인단다
하, 나는 나도 모르게 탄성을 지를 뻔했다
여기 내려와 술 마시고 생각하면 달라지고
자신이 정말 98층에 사는 게 안 믿어진단다
그것이 약간 이상하긴 하단다
예전 같으면 고백할 수 없는 내용이지만
단지 아무도 모르게 거기서 살 거란다
그 누구에게도 피해 주지 않고 몰래 살 거란다
크윽, 머리 위에 하늘 2층만 짊어지고
친구는 오늘도 아무도 몰래 나왔다 올라간다
아, 그립고 그리운 무책임의 권태여, 안녕
기억도 없는 98층의 허무와 무사가 그립다

브이꼬프의 재봉틀

2004년 사할린, 최남출(崔男出) 여사

브이꼬프의 헌 옷을 오십년간 박아준 재봉틀이다
노루발이 발돋움하고 윗실이 흔들린다
바늘은 북실을 물고 순식간 올라와 찢어진 시간을
박고 갔다, 새로운 시간이 눈앞에 다가왔다
밤마다 여자는 머리를 숙인 채
손끝으로 천을 누르고 바늘에 집중한다, 낙엽이
머리에 떨어지는 줄도 모르고
세월을 박아도 낙엽은 박을 수 없는 일
기억나지 않는 고통은 자작나무만큼 희다
그러나 갱구를 향한 재봉틀은 한대의 악기
브이꼬프의 슬픔으로 체해버린 악기
아무도 생각 못하는 광산촌의 검은 머리채
드르륵드르륵, 풍설 속 굴렁쇠가 돌고 있다

나는 너에게 그려진다

나는 너에게 그려진다, 너에게 담겨진다
나는 나로부터 해방될 수 없는 긴 역사
모든 것은 거꾸로 자라고 거꾸로 피기 시작한다
나는 하강한다, 너의 꽃은 처참히 꽃 피워진다
나는 함구 속에 쫓겨난다, 가혹한 세월들
깎이고 찢기고 밟혀 막힌 채 끌려간다
나는 너에게 던져진다, 나는 받아들여진다
모든 사랑의 피동, 제발 나를 던지지 좀 말아요
결국 줄기조차 사라지고 마는 생명의 면직물
나는 당신의 소유의 운명으로 그려지고 있다

통어(通語)

너와 말이 통하는 순간 아픔이 왔다
통하는 것은 고통이 해소되는 일임에도
너는 하얀 뼈로 말하는가
말이 건너오다가 마른 눈 되어 사라진다
사라지는 눈을 보다가 너의 눈에서 눈을 뗄 수 없었다

내 몸이 불처럼 열려가는 그 말
아, 다시 한번만 그 말을 하고 싶다
그 끊어지지 않는 말
너에게까지 가는 데 번역이 필요 없는 말
마치 누군가 가까이 다가와
고자에게 북을 치는
제대로 된 말, 나를 뛰어넘어 날아가는 작은 날개의
새 같은 말, 그 눈과 발톱만 한 말
구름 속에서 빗방울이 발생하는

어느 오후 같은

'시'라는 온도의 변증법

박형준

나는 고형렬 시인을 '선생님'이라고 부른다. 기억을 더듬어보아도 선생님을 '선배님'이라고 부른 적이 없는 것 같다. 하지만 때때로 나는 선생님을 선배님이라고 부르고 싶어진다. 김정환 시인이 한 문학대담에서 "고형렬은 어쩔 때는 눈물겹고 어쩔 때는 무섭다"라고 했는데, 나는 그 말이 선생님에게 딱 들어맞는다고 생각한다.

내가 두번째 시집을 창비에서 내게 된 것은 다 선생님 덕분이다. 창비와 한 블록쯤 떨어져 있던 '도서신문'에 다닐 때였는데, 나는 그곳에서 문학 담당 기자로 일하고 있었다. 아직은 기자생활이 익숙지 않던 시절이었다. 시집이나 소설책을 읽고 인터뷰를 하는 것이 주된 일이었는데, 책으로만 접하던 문인들을 직접 만나는 게 무섭기도 하고 수줍기도 해서 어떨 때는 사진기자만 보내고 마감에 임박해서야

111

밤늦게 전화로 인터뷰를 하곤 했다. 그렇게 밤에 몰래 작가들과 전화 인터뷰를 하고, 회사에는 작가들을 만나러 간다는 핑계를 대고 대부분 낮 시간을 공원에서 보냈다. 특히 종묘에 자주 갔다. 왕들의 신주를 모신 그곳에서 나는 벤치에 누워 낮잠을 자고 꿈을 꾸고 시를 썼다. 그러다 창비에 동갑내기 시인 장철문이 있다는 것을 알았고, 신간이 나오면 기사를 쓰기 위해 시집이나 소설책을 받으러 가곤 하였다. 그런 인연으로 창비에서 시집 출간을 담당하던 선생님을 뵙게 되었고, 저녁이면 으레 창비 출신 시인들이 모여 술을 마시는 맥줏집 '아몬드'에 드나들게 되었다. 선생님은 기억하실지 모르겠지만, 그곳에서 나는 선생님으로부터 여러번 시집 출간 제의를 받았다. 그때마다 나는 내 특기인 수줍게 웃어넘기기로 그 상황을 넘기곤 했는데, 어느날 술기운이 올라와 잠시 쉬려고 계단에 앉아 있다가 나처럼 바람을 쐬려고 나온 선생님을 만났다. 그렇게 선생님은 의지할 데 없는 글판에서 배회하던 내게 등대처럼 그리운 '선배' 시인으로 다가왔고, 그때 나눈 긴 대화 끝에 나는 두번째 시집을 창비에서 내게 되었다.

그후 간혹 여러 문인들 틈에서 선생님의 얘기를 듣다보면 아련하게 그리움 같은 것이 생겨나서 '선배님' 하고 불러보고 싶었다. 그렇게밖에 표현할 수 없는 까닭은, 선생님이 하는 얘기라는 게 대개 "갓 태어난 돼지 속눈썹이 그렇게 예쁠 수가 없어"와 같은 말이었기 때문이다. 그 말을 들으면 나도 시골에서 자랄 때 갓 태어난 돼지를 쳐다보던 기억이 나면서 마음속에서 환희가 일어 돼지막으로 막 들어가 그 새끼 돼지를 안아주고 싶던 체험이 몸에서 되살아났다. 하지만 나는 갓 태어난 돼지 속눈썹에 일렁이는 분홍빛을 본 적이 없는데다가 그런 것에 관심을 가진 선생님이 그저 신기롭게만 보였다. 그래서 집에 돌아오면 선생님의 얘기를 떠올리며 내가 보지 못한 추억의 빛깔을 상상하곤 했다.

하지만 선생님은 다가가기가 어려운 사람이었다. 큰형처럼 친근하게 생각되다가도 문득문득 아주 낯선 사람처럼 느껴졌다. 다시 김정환 시인의 말을 빌리면, "어떤 일을 맡아가지고 할 때의 책임감으로 보자면 뼈를 깎는 자세로 하는데, 또한 갑자기 산으로 당장 사라져도 이상할 게 하나도 없을 것 같은 서늘함이 느껴져서 사라질까 무섭다"는 양면성이 그것이다. 선생님은 사라질까 무서우면서 한편으로는 성실한 소시민으로서의 삶은 눈물겨운 그런 사람, 그런 시인이었다.

*

나는 선생님과 두번 외국여행을 다녀온 적이 있다. 한번은 인도네시아, 한번은 인도인데, 여기서는 선생님과 직접 관계된 인도네시아 얘기만 꺼내기로 하자. 선생님이 발행인으로 있던 『시평』이 주관하여 2010년 12월 서울에서 열린 카플(KAPLF: 한·아세안 시인 문학 축전) 1차 대회의 화답 행사가 2011년 10월 인도네시아 페칸바루에서 열렸을 때였다. 카플 1차 대회에 참석했던 리다 K. 리암시 시인이 주체가 되어 동남아 10개국과 한국의 시인들을 초청하여 카플 2차 대회를 자국인 인도네시아에서 개최한 것이다. 나는 거기서 '시인 왕국'을 보았다. 만칠천여개의 섬으로 이루어진 세계 최대의 도서 국가 인도네시아, 그중 큰 섬에 속하는 수마트라 섬의 페칸바루에서의 보름이라는 시간은 '시인으로 태어나 이렇게 대접받아도 되는 것인가' 하는 의문이 생길 정도로 환대 그 자체였다. 공항에 도착하여 호텔로 가는 동안 우리 일행이 탄 버스는 경찰차의 에스코트를 받았고, 그러한 대우는 행사 기간 내내 이동할 때마다 어김없었다.

무엇보다 이 고장에 '시(詩) 대통령'이 있다는 사실이 인상적이었다. 여러 나라 언어로 시가 번역된 바 있으며 인도네시아의 시 대통령으로 불리는 수타르지 칼조움 바크리는 시낭독회에 등장할 때마다 청중들의 열렬한 환영을 받았다. 우리는 고대사원을 돌며 매일 시낭독회를 가졌는데, 가장 인상 깊었던 것은 틴틴 극장의 야외무대에서 열린 시낭독회였다. 놀라운 것은 오케스트라가 동원되었다는 것이다. 거기서 인도네시아의 시 대통령은 자신의 시를 낭독하였는데, 그는 자신의 혼에 취해 피를 부르는 무당이자 세련된 엔터테이너였다. 오케스트라를 손짓으로 지휘하며 자신의 시를 담은 핸드폰을 보면서 웅변, 노래, 발 구르기, 가슴쥐어뜯기, 바닥에 구르기 등을 하면서 오케스트라의 음악을 온전히 자신의 것으로 만드는 모습은 마치 청중을 '시'라는 파도의 격랑으로 완전히 몰아넣는 것 같았다. 나는 그 모습을 보면서 우습게도, 나도 앞으로 낭독을 하게 되면 다른 건 몰라도 낭독 시만큼은 종이에다 출력하지 않고 저이처럼 핸드폰에 담아서 그걸 보면서 해야지 다짐했다. 아무튼 인도네시아를 비롯, 동남아 시인들의 낭독은 엘리아데가 "시인들이란 샤먼이 동물 가죽을 뒤집어씀으로써 천국의 상태를 누리는 것과 같은 상태를 지향한다"는 말을 그대로 실현하는 것 같았다. 그들은 개구리에 대한 시를 쓰면 개구리가 되고, 사냥을 나온 여우에 대한 시를 쓰면 여우가 되어 폴짝폴짝하거나 팅팅팅 튀면서 동물을 빌려 그대로 중계하듯 동물의 이미지를 생생한 언어로 재생해냈다. 시 낭독의 새로운 경지를 본 듯했다. 새삼 우리가 잃어버린 노래와 실감의 세계, 그리고 말로만 듣던 '오래된 미래', 다시 말하면 과거가 미래일 수 있는 한 '시인 왕국'을 직접 눈으로 본 것이다.

그런 광경을 보면서 나는 왜 선생님이 나를 이곳에 데려

왔을까 생각해보았다. 선생님은 행사를 마무리하는 만찬장에서 지금까지 아시아 시인 삼백여명의 시를 등재한『시평』에 대해 다음과 같이 소개했다. "『시평』은 사무실이 없습니다. 처음부터 없었고 지금도 없습니다. 나의 책상은 아시아의 하늘을 떠다닙니다." 그 말을 듣는 순간 나뿐만 아니라 그 자리에 모인 각국의 시인들 모두가 숙연해졌고, 잠시 후 뜨거운 박수가 쏟아졌다. 그 적도의 밤과 시들이 아직도 아련하게 되살아난다.

*

이 시집의 발문을 쓰기 위해서 선생님의 자전적 에세이『등대와 뿔』(도서출판 b 2014)을 밤마다 읽었다. 시집 원고보다 산문집을 더 열심히 들여다본 것 같다. '고형렬 문학앨범'이란 부제가 붙은 이 책은 속초에서의 유년기부터 현재 거주하고 있는 지평면 송현리까지의 생활을 삼백여점의 사진과 함께 담고 있다. 선생님은 이 책에서 무언가를 손으로 만지작거리던 한살 때(정말 그게 가능한가)의 기억에서부터 출생과 가족사, 유년 시절의 속초와 설악산의 추억, 면서기 시절, 서울살이와 문학 활동, 2008년에 이사 온 양평에서 처음으로 찍었던 별에 대한 이야기까지 전생애를 인화하듯이 세세하게 기록하고 있다.

나는 이 책을 읽으면서 여러군데 밑줄을 그었다. 그중에 하나. 선생님은 소월의 「진달래꽃」을 '남는 자의 노래'가 아니라 '떠나는 자가 남는 자를 위해 부른 노래'라고 하였다. 선생님은 꿈속에서 소월의 애인을 만난 것이다. 여자는 「진달래꽃」은 원래 소월이 부른 것이 아니라 자신이 부른 것이며 떠나는 자가 부르는 노래인데, 소월이 이 노래를 바꾼 것이라면서 선생님의 꿈속에서 시를 낭송하기 시작했다. "그대 보기 역겨워 떠날 때에는 말없이 고이 떠나오리다. 영변에 약산 진달래꽃 가는 걸음걸음 밟고 가오리다." 선생님은 왜 이런 꿈을 꿨을까. 이런 생각을 하면서 밑줄을 긋다보니 다음과 같은 문장들이 선생님의 삶과 문학 인생을 대변한다는 생각이 들었다. 선생님께는 죄송하지만 밑줄 그은 부분을 그대로 잇고 접속사만 넣어 문장으로 만들어본다.

결국 시인은 자기 안의 '사람'을 찾아 먼 길을 걸어가는 존재이다. 시인은 자신이 만들어가는 타자이다. 도시에서 살든 시골에서 살든 점점 분명해지는 것은 내가 나그네라는 사실과 의심할 수 없는 이 삶이 꿈이라는 사실이다. 그럼에도 나는 바람 많고 항상 파도치는 작은 마을 출신의 시인이라는 것을 늘 기억한다. 과거의 미래로 돌아가고 싶지만 길이 없다. 슬픈 말인지 모르지만 기억건

대 문학은 자기 시대 안에 있는 어떤 포즈들이며 하나의 발언들이었다. 나의 시는 그 사소하고 작은 것들에 대한 반성이고 고백이고 싶다. 또 미소이고 싶고 치유이고 싶다. 저 자연 혹은 도시로부터 떨어져 있으면서 나를 치유하고 전생(前生)을 찾기 위한 길이 이러한 문장 속에 있다는 것을 다행으로 여긴다. 내가 걸어온 풍속과 문명의 여러 영역 위에 다른 정신의 언어들이 없지 않을 것이다. 나는 늘 존재하지 않는 희망보다는 절망과 어둠을 통해서 길을 내고 그 어둠속으로 얼굴을 디밀고 있는 자의 등뒤를 본다. 희망의 말을 본 적이 없으며 그래서 아침마다 찾아오는 창가의 빛은 불안하다. 나는 어둠속의 등처럼 불안 속에 있는 나를 늘 저쪽에서 보고 있다. 정녕 귀휴(歸休)란 영영 없는 것일까. 도시는 모든 문제를 발생시킨 욕망과 근대가 집약된 곳이다. 나는 이유도 변명도 달지 않고 그 도시를 떠나왔다. 탈출하듯이. 그러나 도시를 떠났으므로 비로소 도시가 보인다. 보이는 것에 대해선 말할 수밖에 없다. 살기 위해 도시를 찾아갔고 그곳에서 삶을 풀었지만 나는 이제 도시에서 거주하지도 살아가지도 않는다. 제대로 하지 못한 것, 다루지 못한 것, 이루지 못한 것에 대해. 또 너무 우울했던 것에 대해. 자신만을 성찰하는 눈에 대해. 그래서 시를 썼지 다른 것을 위해 시를 쓴 것은 아닌 것 같다. 우리가 찾는 시의 의미는 원래 그런 것이 아니었을까. 하지만 인간의 실생활과 아무 관련이 없는 것을 쓰려고 며칠을 뒤척일 때도 있었다. 시에선 인간만 중심이 아니었으니까. 뒤를 살피는 것이 문학의 행위일 수도 있기 때문이다. 어떤 절망의 일상이 시를 낳게도 하지만 시가 그 현실과 진실성의 바닥에 접근하지 못하는 장르일 가능성은 얼마든지 있을 수 있다. 시가 어려운 이유이다. 그러나 시가 무언가를 해결해주었다면 그 시는 상실감을 빼앗기는 격이 된다. 문학의 위험한 존재 위상이다. 하여 나는 면서기처럼 잡다한 것을 심부름 해주는 시서기(詩書記)이고 싶었다. 심부름꾼을 멋진 말로 하면 언어의 천사이고 바람이며 메신저이다. 여러 나라의 시를 한국 언어로 모아 소개하는 일은 신명이 났다. 아시아 시가 내 시 같았다.

이제 선생님이 '시서기' 역할을 하던 『시평』은 발행되지 않는다. 잡지를 내는 동안 혼자서 사무실도 없이, 시골의 방 안에서 아시아의 하늘을 책상 삼아 교정을 보느라 선생님은 차츰 시력을 잃어갔다.

*

선생님의 이번 시집 원고를 처음 읽었을 때 냉소적이라

는 느낌이 들었다. 어쩌면 나는 선생님이 등단할 때부터 천착했던 장자나 2010년에 펴낸 장시 『붕(鵬)새』와 같은 큰 세계보다 양평의 지평에 살면서 접한 자연과 시골살이의 아름다움을 소박하게 노래한 시편을 기대했던 것 같다. 시골에 살면서 어딘가로 떠날 듯한 혼돈보다는 자연과 바람, 풀잎새, 그리고 언덕에서 내려다보는 마을에서 드문드문 반짝이는 불빛을 고향집 삼아 소박한 정주(定住)의 노래를 들려주길 바랐다. 공허나 불안의 나뭇가지 하나를 붙잡기보다는 자연과 사람이 전체로 다가오는 맑은 서정시를 쓰길 바랐다.

그러나 이번 시집은 그 불안과 혼돈이 더 극심해진 것 같다. 『포지션』 2015년 봄호를 보니 선생님의 시가 특집으로 실렸고, 그뒤에 「폐쇄회로(閉鎖回路) 속에서 자기 치유를 위하여」라는 산문이 있다. 일부를 옮겨본다.

여담도 유머도 여유도 아니다. 그 무엇이 없다는 것 이것은 갈증 불안을 유발시킨다. 내가 나에게 지쳤고 귀찮아졌다. 시대도 말할 것이 없다. 반복되는 동상이몽, 말의 동어반복이 나의 정치력과 상상력을 둔화시켰다. 시대가 시와 시인을 바보로 만들었다.

(…)

올 것이 더는 없을 때까지 와야 한다. 비는 다 내려야

그친다. 어느날 꿈들의 일부만 시가 되었다. 그 꿈을 다 쓴다는 것은 저 도시를 다 쓰는 것만큼이나 쓸데없는 일이다. 질료, 표면, 심연, 현상 그리고 상상과 기억, 감각들이 뒤죽박죽되면서 거울이 보이곤 했다.

그 거울 속에선 구체적인 내가 아닌 '깜박' 혹은 '몰록'이 시를 썼다. 그렇게 생각하고 손을 바라본다. 언어가 스스로 말하길 바라고 나는 거기에 따라붙길 바란다. 나는 시의 주체가 아니다. 한쪽에 물러나 아주 먼 곳도 아닌 곳에 서 있길 바란다.

나는 요즘 정신 차리고 시를 쓰지 않는다. 의식, 구성, 체제보다는 잠재의식이 좋다. 모르는 쪽의 나, 불구성의 내가 나 같다. 약간 불구적인 말이 앞서갈 때가 좋다. 이런 낯선 나를 찾아 먼 길을 걸어온 것만 같다.

이번 시들은 너무 정신을 차리고 쓴 시인지 모른다. 그러나 그곳엔 겨우 잃어버린 나를 찾는 티끌만 한 소회가 있다. 그것은 언어의 냄새를 맡는 것. 기분 좋은 일은 아니지만 아주 기분 나쁜 일은 더 아니다. 언어의 회복일까, 아니면 끝나버린 것일까. 눈을 끓인 그 '눈국'이 떠오른다.

이 글을 읽으면서 이번 시집 역시 이러한 선생님의 생각이 반영되어 있다는 느낌이 들었다. 특히 자신의 시를 포

함하여 시나 시인에 대한 절망적인 진단은 설령 사실이 그러할지라도 가슴이 아프게 다가왔다. 가령 "언어가 죽고/내 몸이 나뭇잎이기만 하던 시절은 사라진다/영육이 함께 하던 날을 기억하는 상상은 여기 없다"(「나에게도 조금 보여주지 않겠어요」)라든지, 상하이의 귀뚜라미 시장에서 보았던 귀뚜라미의 힘찬 울음을 상기하면서 "한국의 젊은 시인들은 빨리 늙는다/너는 어디서 피를 토하는 울음소리를 배웠니"(「거울 속 상하이 귀뚜라미」) 같은 구절들, 특히 후자의 시에서 활력을 잃어버린 한국시와 "슬픈 것들"을 칼날 울음으로 간직하고 있는 상하이 귀뚜라미 울음의 대비가 그렇다. 달리 말하면, 선생님은 "시골은 조용해서/간혹 개 짖는 소리와 닭 울음소리뿐"(「적막황홀의 아침에」)이라고 하면서 유유자적 한가로움을 즐기는 게 아니라, 그 한적의 혼돈 속에서 살기 위해 갔다가 죽으러 간 것에 다름 아닌 도시를 냉소적인 시선으로 관찰하고 있는 느낌이었다.

그런데 시집을 재차 읽으면서 무언가 깨달아지는 게 있었다. 그건 마치 선생님만의 시법인 '시라는 온도의 변증법' 같은 것이었다. 이번 시집을 자세하게 읽어보면 시의 발단은 한결같이 냉소적인데 결말은 세상에 대한 연민을 품고 있다. 앞의 시 몇편만 살펴봐도 처음과 마지막이 이러한 극명한 대조로 이루어져 있음을 확인할 수 있다.

하늘은 온통 아파트 불빛이다

삼각형 코를 가진 이방인 가족 아파트는 없다

(…)

간혹 손을 뻗어 구름을 뜯어 먹으며

아파트 옥상엔 풀들이 바람과 살고 있다

                                        —「풀과 아파트」부분

입술은 아주 작은 부위를 덮었다

가장 취약한 부분에 붙어 있는 살이다

(…)

이빨 뒤에 숨었지만

입맞춤은 그러나 입술로만 가능하다

                                    —「입맞춤의 난해성」부분

나뭇가지에 앉아 심장을 꿰맨다

새벽 한시의 대낮, 머리에 도끼가 솟은 검은 새

(…)

혼돈을 향한 아침 길을 다시 잃고, 하늘옥상에

새의 집을 지은 유역의 오랜 기숙자들

손거울 들고 심장을 깬 영혼을 다듬는다

                                —「어떤 새에 대한 공포」부분

하나같이 시의 시작은 비관적이다. 도시의 아파트는 불빛으로 가득하지만 그 안에 이방인을 품어주는 그런 "가족 아파트"는 없고, 입술은 "가장 취약한 부분에 붙어 있는 살"에 불과할 뿐이며, 밤 한시에도 대낮처럼 새는 불안에 휩싸여 방어기제로서 머리가 곤두서 도끼 형상을 하고 있다. 그런데 시의 마무리는 어떤가. 냉혹한 도시의 아파트 옥상에는 여전히 "풀들이 바람과 살"면서 하늘의 "구름을 뜯어 먹으며" 꿈을 꾸고 있다. 또한 입술은 가장 취약한 신체의 일부이지만 인간의 공격성을 상징하는 "이빨"을 감싸고 있으며 우리는 그 가장 연약한 입술로만 연인으로 대표되는 타자와의 사랑, 즉 "입맞춤"을 할 수 있다. 그리고 혼돈과 불안에 휩싸여 새처럼 떠돌며 살아가야 하는 도시의 "기숙자들"인 우리들도 내면 깊숙이에서는 다시금 심장의 따스한 피를 회복하려는 몸짓을 하며 그러한 자신을 비춰줄 맑은 "손거울"을 보며 "영혼을 다듬는다".

이번 시집이 보여주는 인간에 대한 불신과 냉소가 위의 산문에 나온 대로 불안과 갈증, 고갈과 무의식에서 나왔다고 하더라도 선생님이 원초적으로 품고 있는 인간애를 덮을 수는 없다. 선생님은 따뜻함을 느끼게 하려고 일부러 앞부분에 시의 온도를 팍 낮춰놓은 것 아닐까. 찬물에 손을 담갔다가 다시 미지근한 물에 손을 넣으면 그 물이 따뜻하게 느껴지는 것처럼 말이다. 선생님은 자신의 악몽을 정직

하게 인정하고 독자로 하여금 그 악몽의 차가운 물에 손을 담그게 한 다음 우리의 그 차가워진 손을 미지근하지만 따뜻한 사랑으로 데워진 자신의 겨드랑이에 끼어넣어주고 있는 것이다. 우리가 살고 있는 도시가 냉혹하고, 우리의 내면이 악몽으로 가득 차 있기 때문일까. 선생님의 시들은 뜨거운 위안이 된다.

다음의 시는 이번 시집에서 선생님 내면의 가장 슬퍼서 아름다운 황무지, 그것을 보게 하여 내게 눈물겹게 다가온 시편이다.

해변의 황무지를 쓰고 죽고 싶다
풀 서너줄기 이어진 석양의 모래톱

고독한 동북아시아,
변방의 한 시인 어린 킹크랩의 눈단추처럼
늘 기울어진 하늘을 찾는 물별을
기다리며

스스로 황무지가 된 해변의 나는
안쪽에 옹벽을 올린 절벽의 주거지에서
새물거리는 동북의 샛눈

황무지 모래톱에 눕고 싶어라
황무지 풀밭에서 나를 붙잡고 싶지 않아라
못 죽어 눈물도 없이

바람 우는 황무지 해당화야
흰 불가 갯메꽃 나 수술에서 혼자 운다

먼 곳에서 해변의 황무지가 된다

—「황무지 모래톱」전문

아아, "고독한 동북아시아,/변방의 한 시인"인 선생님은 "어린 킹크랩의 눈단추처럼/늘 기울어진" 채로 하늘의 "물별"을 찾고 있구나. 그 "물별"과 "샛눈"으로 황무지에서, 황무지의 해당화 그늘에서, 그리고 이 세계라는 거대한 혼돈과 암흑 속에서 아름다운 혼돈을 위해, 따뜻한 혼돈을 만들기 위해 드디어는 "갯메꽃 나 수술에서 혼자" 울고 있구나. 그러니 나는 이렇게 말할 수밖에 없다. 선생님이여, 불러보고 싶던 선배님이여. 시골의 유유자적함을 조금은 편하게 받아들이시되 현재진행형인 '방황'과 '혼돈'은 그대로 그 안에 조금만 고이 접어두시라고 말이다. 물론 선생님은 이런 내 말과 상관없이 앞으로 더욱더 극심한 아름다운 혼돈 속에서 비애의 꽃나무로 서 있을 것이다. "나는 아직도 방

황하고 있다. 이 혼돈 방황을 잃고 싶지 않다. 이 방황을 잃으면 나의 등대는 사라질 것이고 나의 뿔이 지닌 내적 비명도 생명을 다할 것이다."(『등대와 뿔』)

*

이번 시집을 읽으면서, '몰록'과 '태양' 두 단어가 눈에 들어왔다. '몰록'은 불교에서 깨달음을 얻는 순간의 찰나와 연결된 말이다. 뭔가를 끊임없이 의심하면서 천착하다보면 곪은 상처가 스스로 툭 터지듯이 저절로 터득하게 되는 때가 오는데, 그런 자연스러운 '별안간' 혹은 '느닷없음' '문득'의 상태가 바로 '몰록'이다. 우리가 시적인 상태에 진입하려면 망연자실한 상태로 사물을 바라볼 필요가 있는데, 그러다가 어느 순간 문득 시 한 구절이 자연스럽게 흘러나오는 경우와 유사하다고도 볼 수 있겠다. 반면 '태양'은 거울과 연관된 듯하다. 가만히 생각해보면 인간에게 태양만큼 맑은 거울이 없는 것 같다. 의심할 여지 없이 맑고 깨끗하며 우리의 안과 밖을 생명으로 충만하게 하는 거울 말이다. 플라톤도 태양에서 이데아를 유추했다고 하니, 인간은 늘 태양에 자신을 비춰보며 만고불변의 진리를 생각하고 따랐을 것이다. 그러나 실제로 태양을 보는 것은 우리의 마음이지 눈이 아니다. 태양과 지구의 거리가 약 일억 오천만 킬로미터라고 한다. 그렇게 먼 거리에 있는 둥근 거울이지만 실상은 고개를 들어 일분도 올려다보기 어렵고, 또한 태양만 바라보며 살다가는 어느새 눈이 멀어버릴 것이다.

그런데 시집을 읽으며 나는 선생님이 태양을 바라보다 눈이 멀어가는 그런 사람이 아닐까 상상해본다. 태양이라는 거울은 우리의 정신과 일상에서 변함없는 존재이지만, 거울의 입장에서 생각해보면 혼돈 자체다. 그런데 화염의 지옥으로 가득한 태양의 혼돈은 그 나름의 질서를 가지고 있을 것이다. 나는 선생님의 혼돈에도 나름의 질서가 있다고 믿는다. 선생님은 "몰록(문득)은 돌발적인 상황이 아니라 무의식 속에 발현되는 꽃과 같다"고 한 적이 있다. 그런 무의식의 한 귀퉁이에서 씌어진 다음의 시는 몰록, 눈물겹기도 하고 무섭기도 하다. 이번 시집에는 실리지 않았지만 앞에서 얘기한 『포지션』에 실린 시이다.

　눈 내리던 날, 대구눈국을 먹던 날이
　풍랑처럼 훤하다, 저 신년 폭설 속에서 웅크린 나의 입
안은
　미래처럼 환하다
　후후, 뜨겁게 불어 먹는 나의 눈국
　　　　　　　　　　　　　—「설악산 눈에 대해」 부분

저 무의식과 대과거의 '눈국'을 뭐라 부를 수 있을까. 이 깨끗하고 뜨거운 혼돈의 '눈국' 앞에서 사람을 사랑하면서도 사람을 떠나고자 하는 자의 뒷모습과 그런 뒷모습의 언어와 눈물을 보고 있다면 말이다.

朴瑩浚 | 시인

2010년에 간행한 『나는 에르덴조 사원에 없다』이후에 발표한 시들을 모아 시집을 묶는다. 이제 이 언어의 속도와 의상으로 저 앞의 십년을 건너게 될 것 같다.

시간을 앞서지 못하는 이상 지연되는 삶의 어떤 언어도 폭력적인 저 바깥을 읽어낼 수가 없다. 나의 뿔은 뛰어갈 것이고 저 언덕 너머 도시에선 많은 시가 죽고 더 많은 시가 태어날 것이다. 나는 지난 십년간 망가진 언어를 붙잡고 허둥거렸다. 막막한 안개 시간들이 주위를 에워쌌고 그것들이 망루의 꽃이 되어 다시 한번 과거와 장님이 되어 낙화하고자 한다.

저 밖에 있는 반(半)의식의 현실세계는 신기루처럼 보이다가도 갑자기 현재인 것처럼 소란스럽고 선명하다. 모두 남의 꿈과 상처를 밟지 않고선 발을 뗄 수 없는 현실 속에 처해 있다. 나약한 나의 독초(毒草)들은 중심의 뒷면에 웅크린 채 무언가를 제대로 듣고 말하고 싶어 한다.

모든 욕망과 상처가 다스려지고 치유될 순 없지만 그곳에서 그것들이 모두 비춰지고 있는 것만은 분명한 것 같다. 전등 아래 부유하는 먼지들의 빛, 도망 온 말들이 그곳에 유치되어 있는 것이 아닐까.

현실적 언어의 빗방울과 조우하길 바라면서 암울한 빌딩들을 내다본다. 횡단보도에서 죽음의 그림자와 마주치고 말 못하는 자의 통어(通語)가 건너오길 바란다.

귀뚜라미가 대곡(代哭)하는 울음상자 하나를 들고 봄은 말들이 사라진 거울 앞에서 다시 서성인다.

2015년 5월 지평에서
고형렬

창비시선 389

아무도 찾아오지 않는 거울이다

초판 1쇄 발행 / 2015년 5월 20일

지은이 / 고형렬
펴낸이 / 강일우
책임편집 / 김선영
펴낸곳 / (주)창비
등록 / 1986년 8월 5일 제85호
주소 / 413-120 경기도 파주시 회동길 184
전화 / 031-955-3333
팩시밀리 / 영업 031-955-3399 편집 031-955-3400
홈페이지 / www.changbi.com
전자우편 / lit@changbi.com

ⓒ 고형렬 2015
ISBN 978-89-364-2389-6 03810